冠葉和歌集

湯浅洋一
YUASA Yoichi

文芸社

窓空き二行分かち書きを中心に

もの言えば　唇寒し　藪蛇の
恐怖に満ちて　大臣席は

海底の　電子屈折　有時には
海山列を　巧みに使え

斑鳩に　手を合わすなり　中宮寺
いとも優美な　神聖仙人

群雲の　気持ちも晴れて　遠笛の
音色貫き　揺れる竹笹

最近の　日本各地の　異常気象
すべてを足せば　熱帯化かも

詰め将棋　持駒一つ欲しい時
金将・銀将　どちら選ぶか？

大阪に　皇都を置きて　大津には
聖都を託す　三都体制　首都は東京
（仏足石歌）

耜友《すきとも》や　香殖稲《かえしね》の字に　偲ばれる
四代・五代の　稲作天皇

起点なす　聖徳太子の　立太子
神武即位後　六百年後?!
（徳川三百年とも言う）

神武より　開化時までは　粒ぞろい
次の崇神で　絶対王化
（相対王＝豪族連合相対王権）

日本は　六百年を　閲すなり
聖徳太子　現れるまで

月光の　鈍き光線　身に受けて
白く輝く　龍之介の脳

落ち着けば　一度見てみむ　我が領土
空に輝く　全銀河系

池に立つ　大田神社の　かきつばた
あめんぼ泳ぐ　梅雨のひととき

世の中が　二種の土器類使う時
縄文－安物　弥生－上等

山一の　前例見れば　資本主義
カラの資本が　窮地に立てり

日本の　計画経済　中央は
消費生産-均衡庁を

農学部　グラウンドより　東北に
比叡見納め　零戦へ行く

ふるさとに
民族色で
包まれた
楽曲流る
夜空の星よ
（令和四年九月十一日）

分権に身を寄せ合いしふるさとの郷土色出す再集権へ
（令和四年九月十一日　朝方五時）

大津より
時に流れる
暗号の
隠れ将軍
ＤＨＱの
日本王権
（仏足石歌）

革命の　天下分け目の　関ヶ原
以後日本は　社会主義をも

神武帝　自分の周囲は　諸王権
大王権は　ただ自身のみ
（天皇元年）

高昇る　ハックニシラス　崇神帝
大王権を　超王権に

口分田　公地公民　所有権
用益権は　氏《うじ》や姓《かばね》に　相続せしむ
（家制度に続く、仏足石歌）

神兵か　自衛官かと　悩む君
最終的に　自主決断で
（僧兵に注意）

事実上　中華体制　覇権主義
覇権求めぬ　あの中国が

今回も　永世中立－政策で
日本は進め　不戦条約

今日の　いくさ政策　いみじくも
即秒主義と　心得るべし

原爆も　全く同じ　寸秒で
勝敗決まる　即秒主義戦

日本書紀　欠史八代　虚記と言ふ
綏靖紀まで　信が置けぬか

東《ひんがし》の　方より昇る　太陽の
はち切れそうな　光線の束

カルメンの　演奏聞こゆ　もう一度
高校生に　戻ってみたし

軽武装-防衛制度　九条の
永世中立-制度にピタリ

幾度かの　新型コロナ　ワクチンに
空気感染　速きを恐る

釘打ちに　腰を上げるも　大儀なり
年寄りし今　日曜大工

無法国！　無罪推定　良いにしろ
なぜそんなにも　加害者守る？

初秋の　「二十世紀」の　汁多さ
品種改良　要すを感ず

出雲なる　聖地を踏めば　はるかなる
カチーンと唸る　撃剣の音

もし仮に　天皇《てんおう》・地皇《じおう》・人皇《じんおう》に
日皇《にちおう》一人　居ればいかにか

日皇の　絶対主権　固定点
動かずあらば　秩序作らむ

日本語の「宇宙実紀」に　記載あれ
宇宙の真実《まこと》　偽りなしに

柔かき　肉のうねりに　ふるえつつ
女体の心理　女体の物理　女体の生理
（仏足石歌）

刹那仏《せつなぶつ》　瞬間的な　せつなさは
性の快楽　自我は終わるか

奈良仏教　刹那滅にも　取り柄《とえ》あり
華厳《けごん》の教え　温故知新か

唯識は　清水寺が　知られたり
東山にも　日が昇り染《そ》む

沖縄の　石垣島の　白砂の
まぶしき光　夏も過ぎ行く

戦争と　革命済めば　露《あら》わなる
世界水準　優位と劣位　経済面の
（仏足石歌）

序列主義　只《ただ》乗りダックに　乗りたくて
いつも順番　気にして過ごす

物事を　考えるコツ　教えよう
状態語より　動作語で是非

イギリスの　女王国葬　施行さる
あのエリザベス　葬列の行く

J国が　カギをなすとふ　アメリカの
消息筋の　情報怪し

J国は　ジョーカー入れて　五か国に
果たしてどこの　国を指すのか

π国は　円盤飛ばす　謎の国
宇宙の海を　渡り来るらむ

π国は　「オッπ国！」と　いかんかな
美人賢女の　金星人よ

e^{i}を　θとおけばlogθ
すなわち・iに　等しかるべし
（複素数列）

「何々権」　受益なければ　権利なし
受益がありて　権利ありとふ
（権利に関する利益説）

皇廟と　いう皇族の　菩提所を
月輪寺にと　決めてうれしも

月輪寺　その宗教を　円教と
すればとにかく　浪風立たぬ

比叡山　高野山にも　比肩する
皇族の寺　月輪寺かな

仏教や　キリスト教など　憲法の
宗教保障　現状で良し

そう言えば　破防法など　適用の
余地なく進み　めでたき限り
（破防法＝破壊活動防止法）

円教の　信者様には　その遺骨
収容すべき　場所も要るはず

墓の事　考え尽くし　円教の
出発拠点　ぐらつきもなく

大仕事　終わりし後の　性行為
快楽慰問　世にも良きかな

円教の　総責任者　大教主
各地各地の　修行を統べる

「千一夜」　光源氏の　筆の冴え
比較文学　可能ならずや

九州に　今までにない　台風が
来るとふ今夜　無事であれかし

巻向の　ハックニシラスー宮殿の
周囲の家屋　今ぞなつかし

大相撲　力士ロボット　勝ち進め
巻向山の　四股名《しこな》使った

九州の　銅剣・銅鉾文化圏
銅剣・銅鐸近畿を抜けぬ
（弥生時代の三強国のうちの二か国）

天界は　酸素の原子　三個から
オゾン分子に　なれるとぞ言ふ

O_2に　何かの力　加えれば
O_3ができて　宇宙を満たす⁉

オゾン層　酸素同士の　原子核
融合力の　しわざなるらむ

光化学　反応のみで　エネルギー
大量生産　可能ならずや

大相撲　秋場所の夕　客入りの
具合も普通　何も変わらず

逸ノ城《いちのじょう》　腰が重たく　なりにけり
取り口もまた　部厚くなりぬ

見通しの　甘き東大　今さらに
ジタバタするは　見苦しきのみ

厳然と　摂関間の　間には
身分差があり　無限に高し
（摂関とは摂政と関白）

摂政は　皇族であり　関白は
皇族でなし　貴族に過ぎず

今の世の　品格高き　貴族制
家系制こそ　背骨になるらん

いつまでも　消えないでくれ　関西の
人情の濃さ　今大和《いまやまと》の地

毎日の　平和豊かな　生活が
無意味なものと　とても思えず
（ウクライナ戦争）

「わいせつ」を　性風俗に　絞りたり
強制系列　公然系列

力の合成

空気なる
酸素分子の　三モルを
オゾン分子の　二《ふた》モルに
変えるに力　尽くすなら
原子核なる　エネルギー
使って位置を　変えてみよ
原子核なる　ベクトルの
核融合の
威力見るべし
（長歌）

科学者の　成果受け継ぐ　円教の
主神命《かみのみこと》の　命長かれ

最高の　価値付けを受け　人々の
大衆貴族　時代創れり

一橋　慶応などが　力あり
そういうふうに　見ゆるがいかに

「邪魔者は　時間をずらせ　ぬかりなく」
日本経験ー主義の異端派

永遠の　金ピカ倉の　煩悩に
ねじり倒され　我見失う

一橋　慶応を買う　基準主義
その度を含め　応用力か？

マルクスの　基本論さえ　当たり前
伸びシロを見る　財界なりや

歳末の　大国主《おおくにぬし》が　福贈る
出雲聖地に　雪も降りつつ

日本海　冬の嵐に　波立ちて
海鳴り聞こゆ　かもめ寒けし

国譲り　話を聞きて　当代の
事代主《ことしろぬし》の　呆気たる顔

伸び伸びと　空気もすがし　須賀神社
ギリシア・ローマも　古代自由主義

国・地方　国の成り立ち　国県制
すべてを県に　東京・京都　大阪・北土
（仏足石歌）

芸術の　存在価値を　占えば
一打ち感こそ　本音芸術

永遠の　慕情のために　他にもか
清流のみか　濁流もあり

ブルジョアか　労働者かに　無関係
貴族精神　所々に貫く　虚飾を排し
（仏足石歌）

「文聖」を　射止めようとて　名声の
世界基準に　我乗り得たか

伊弉宮《いざのみや》　宮家名乗りて　天皇の
本家本元　決まらんとする

天皇の　即位も近し　続いては
三葉宮家　決まりとなりぬ

兄弟の　あの皇子たちと　あの皇妃
葵宮家　名乗らせるべし

政党は　最低二つ　保障せよ
与野党体制　維持させるため

政治的　民主主義には　軍事的
一元制に　注意をすべし

内閣は　防衛省より　上にあり
国会よりは　下にあること
（大原則）

トルストイ　大作により　示せしは
ロシア民族　団結力か

要なり　天皇制の　自衛隊
日本民族　団結力の

新設の　日本幕府の　将軍制
団結力を　さらに高めむ

科学者の　重要性は　京大に
期待すること　大きなるあり

科学でも　国防科学　自前にて
調達をせよ　防衛術大
（学術大学発足のこと）

国有の　防衛装備　市場にて
取引相場　刻印を得よ

政権が　変わりてもなお　自衛隊
仮想一敵　軍事演習
（国家攪乱分子一敵論）

曼珠沙華　紅い花々　咲きそろえ
毒々しくも　あぜ道塞ぐ

金融の　政策担う　赤入道
日本銀行　大阪支店

白痴脳　そもそも臓器　なすほどに
重さ・質量　基準越えしか　早産ならずや
（仏足石歌）

この星を　地球と名づけ　会話せし
北京原人　明石原人　直立歩行
（仏足石歌）

科学的‐帰納法にて　数多く
命題試す　耳学問で

家具一個　米びつ半個で　生活が
可能であると　言い捨てた俺
（良民主権）

秋迎え　枝もたわわに　柿実る
鳩の飛び立つ　いかるがの里

内閣も　主権を持たず　国会も
主権を持たぬ　国民主権

ほかほかの　日本民族・社会主義
商品社会を　品格社会へ

橿原に　大和朝廷　開けしは
われらが先祖　神武天皇

巻向の　弓月嶽に　立つ雲に
われらが国父　崇神天皇

海沿いの　雨も紅葉も　なき里に
古池ありて　かわず鳴くなり

山陰に　育ちし梨の　水加減
光線密度　違いあらずや

ノーベル賞　個人別には　総数が
最高数の　京都術大（＝京都学術大学）

日本国　臨戦時にも　民主政
挙国一致の　内閣要らず

社会主義　基本はいつも　同じこと
「隣人愛で　社会を覆《おお》え」

真昼間に　海に着水　していれば
あるいはもっと　滑らかになむ

南無阿弥の　一語で姿　消しにけり
しつこき輩　原子一個も

ペニスなし　ペニスありとで　分けぬれば
性的意味の　弁証法ぞ
(性的弁証法)

待望の　学術会議－設置法
京都賞授与　決定機関に

自由主義　民主主義国　そのままに
社会主義的　制度固まる

新たなる　戦後の日本－平和主義
民族主義と　合体ならむ

秋の空　日本国家の　五原則
星形を成し　高く輝く

日本の　国家原理は　五角形
希望の星の　五元論かな
（以上、国家五原則多元論を詠む、三首）

会計の　収支伝票　国会の
権限及べ　政治とカネの

原子力　分子力など　ことごとく
価格が高し　ウランにも拠《よ》る

エネルギー　自然力こそ　安上がり
コストレスとは　いかないまでも
（寸評短歌）

白き波　サンゴの浜に　打ち寄せて
心を洗う　沖縄・奄美

この時季の　有効需要　新鮮な
品格を持つ　商品にあり

完全に　需要無視した　経営者
在庫の山を　築きたいのか
（無効需要——在庫の山）

客数が　変わりなければ　売上を
上げるヒントは　客単価にあり

沖縄は　感銘深し　青い海
青い海とぞ　きらめきにける

日本は　学術分野　のみでなく
芸術分野も　秀でたるなり

スポーツの　各分野にも　それぞれに
体術文化　花咲かせおり

警察に　事件の前に　来てくれと
懇願多し　刑事予防法

マルクスも　へったくれもなし　ウクライナ
ロシアにおいて　彼は死にたり

日本でも　マルクス主義は　要注意
必ず奪権−行為に及ぶ

あの頃は　サッカーにては　中田など
活躍目立つ　時代にありき

現代は　油断のならぬ　イデオロギー
公然たらむ　暴力支配

今日《こんにち》の　平和のカギは　人々の
平和愛する　生き方にあり

反戦の　せめてもの意思　示すのに
「平和の行進」　一つの形

大量に汚物を漏らし
七十五　半年先に　到達か
確実に老い　進み来たれり

胃が少し　小さくなりぬ　明日からは
一日二食が　適切ならむ

なつかしく　思い出したり　若い頃
関心寄せし　アラブ文化を

アラビア語　右から書きて　左へと
アザーンの声も　澄み渡りたり

チャガタイ汗《ハン》　オゴタイ汗と　キプチャク汗
イル汗含め　親藩四家

徳川の　御三家国家　似ていよう
チンギス四汗　国家機構も

一神論　無神論あり　多神論
日本は古く　多神論国
（八百万《やおよろず》の神々＝日本の神々）

政党は　庶民が求め　結成の
運びに至り　本物となる

新聞社　デジタル新聞　生き残れ
郷土新聞　見込みはなきか？

この土地で　営業成績　上げるには
湖国長所に　力点を置け

たとえ今　入試戦線　敗れても
逆転いつか　示して見せよ

入社後の　営業戦争　勝ち残れ
入試戦線　落ちた者ども

「タタールの　くびき」と言って　ロシア人
発音すらも　嫌がるらしも

モンゴール　チンギス可汗《かがん》　我近し
キプチャク汗国　二百五十年
（徳川三百年）

大津から　南を向けば　消費地は
大阪・名古屋　両方にあり

那智の滝　熊野灘より　眺むれば
音のみぞする　その落瀑の音

古代史は　応神帝の　前と後
二つに分かつ　雷の代と　古《いにしえ》の代に
（仏足石歌）

第一期　天皇王朝　雷の
代に現れし「神なり」王朝
（神なり王朝－雷王朝　地質変化によるのであろう）
（科学の法則が自らを現した）

エジプトの　ファラオ王朝　日本の
先例なるか　古代史のこと

エジプトと　日本の王墓　歴史的
鉄腕法則　通っているか
（マルクス　歴史の法則が鉄の規律を以て自己を貫徹する）

類なき　言葉を使う　短歌師と
言われて久し　文学の鬼

天よりの　神の言の葉　響くなり
真心を打つ　強き言の葉
（真心一源）

長岡の　竹の子出でし　竹の里
竹取爺さん　また忍び足

童心に　返ればどんな　争いも
さらりと抜けて　後濁すまじ

欧米の　創造主とは　男のみ
男の視点　だけで片寄る

彼のなす　十戒などは　片寄った
男好みの　思想にすぎぬ

日本は　夫婦二人の　平等の
バランス取れた　同格神ぞ

神学を　検討すれば　日本の
神格思想　正しき思想

人体は　心があるが　ゆえにこそ
物質組立て　不可能ならむ
（唯物論も旧約聖書もアウト）

旧約論　唯物論とも　不要なり
不要なものは　ゴミ箱行きへ

イエス―ノー　肯定―否定　疑えば
否定―肯定　変わりなきなり
（常識は非常識になり、非常識は常識になる。常識は疑うべし、非常識は疑うべからず。さすれば、半分の常識が半分の非常識とでバランスを保つ。世は健全なり。かくして、男好みの思想は女好みの思想と、相混合する。楽しからずや）

大学の　自治とは何か　大学の
自主責任制　それも果たさず

政治には　政治活性　必要と
複数主義に　こだわる我ら

会社経営

会社法
以外に商法　総則と
商行為にて　成り立ちし
会社の組織　会社作用
一体これは
黒字経営？
（長歌）

会社法　施行令とも　目すべき
法務省令　企業統治も

この前の　ペルシアじゅうたん　色彩の
豪華繊細　貴族的なり

貴族的　洗練を経た　じゅうたんの
エーゲの青の　透き通る色
（セレブということ）

今の娘《こ》が　急に静かに　なるものか
今は昔の　大和なでしこ

奉行所の　位置から見れば「上様（＝将軍）は
偉い人だ」と　見えもしようぞ

戦争は　いずれにしても　我々を
総動員し　傷跡残す

宗教も　対立はらみ　党派づく
この地球では　党派を好む

党派性　対立感情　あおり立て
政治混乱　油をそそぐ

松平　徳川の松　すこやかに
育てと付けし　美しき名か

「人は城」武田信玄　唱うなり
人の信頼　防御の要

旧約の　隣人愛の　精神の
モーゼ居たりき　古の代に

仏教の　仏典論に　対峙する
聖典論が　我が立場なり

社会主義　隣人愛の　精神と
二重に映る　我が眼かな
（博愛経済のこと）

理屈論　中味がナシの　かさかさの
骸骨理論　味気なきかな

「芸事の　ネタはどこにも　あるはずよ」
お笑いの主《ぬし》　しみじみ語る

創造も　骸骨のホネ　組み立ての
第一歩より　始まりぬべし

物質の　電子と電子　引力の
ニッチ挿入　某エネルギー　大量に生む
（仏足石歌）

原子核　互いの束ね　中間子
回れば核内　エネルギー生む
（円運動）
（$y=a\sin(wt+a)$）
（三段階エネルギー論）
（三角錐論）

「運動は　何の運動　させるのか」
「一周一秒　円運動でも」

深々と　雪降り進み　蛇がらむ《（男を欲しがる妻）》
心根の音　妻の目深し

ストーカー　ねたみ殺人　起こすのも
格差社会の　うっぷん晴らし

破壊趣味？　なぜか不思議に　幼女なり
ストーカー殺人　被害者の件

世の乱れ　刑事予防法　成り立てば
一気に悪事　鎮圧できよう

労働力　有能ならば　手も出よう
中古の市場　容赦もなしに

モンゴルの　元帝国は　約百年
遊牧文化　定着させり

経済の　並列・直列　同時過程
経営陣が　それを束ねる

千早振る　神生むといふ　刀剣の
大満月の　湖国の小波

歳末の　もの憂き時の　京の家
小波細波《さざなみ》　屋根の黒浪
（東山魁夷）

銀剣の　日本武尊《やまとたける》の　八本の
間引き退治の　草薙の剣
（草葉の陰）

京都御所　「安らぎ宮殿」　求めては
遂にこの地に　落ち着きぬめり

新鮮な　イデアのイメージ　固定する
技術が必須　崩れ去る前

暴力は　信用生まず　不信用
世界に亀裂　広げ散らすのみ

広島や　長崎に見る　戦争の
逆創造の　狂おしき跡

ある会社　核力発電　中性子
数字が違う　ウラン２３８

実在の　名前がありて　君がある
君の神格　女性神なり　女神《めのかみ》とも言ふ
（仏足石歌）

皇位継ぐ　皇嗣に皇族　据えるなら
皇族たちの　推薦要す
（親族自治）

八十神の　出雲聖地の　我こそは
大和島根の　男性神なり　男神《おのかみ》とも言ふ
（仏足石歌）

「法則は　鉄の規律で　自らの
意志を貫徹」　するかもしれず
（確率論は自由論か？）

法則は　「鉄の踊り子」動きなば
自らの意志　貫徹できる

末っ子か　仁徳系か　かまびすし
皇子の我ら　応神子孫　同時代人
（仏足石歌）

あの時は　昭和帝《みかど》の　孫親王
今の帝の　皇従兄《いとこ》なり
（法親王たる神尊神皇）

砂に乗る　百獣の王　獅子王の
鶴の一声　力の美学

月景色　今盛んなり　桜の夜
平安神宮　熱気やいかに

ひさびさに　刺身食いたし　鯖寿司も
健康早く　取り返さねば

国てふモノ　歴史を　立つ身かな
時代感覚　伝わり来たる

宵闇の　夜をつんざく　音すなり
琵琶湖の上に　花笠開く

人生は　義理と人情　言い切りし
暴力団の　組長ありき

入試主義　いまだに日本　おおう雲
風神出でよ　涼風よ吹け

経済を　中央寄りに　そろえれば
経済企画　関係官庁　中核ならむ
（仏足石歌）

晴れた日に　馬場の前なる　石垣の
合間より見ゆる　松陰の月

夕影に　小菊とともに　納棺の
胸の懐剣　中有を切らむ
（四十九日まで）

鈴鳴らし　ひたすら前に　進む道
三途の川に　御詠歌の声

人魂の　すだく十字路　うつせみの
亡霊の墓　地縛霊の碑

七十四　三途の川の　下流より
水車を上がり　我行かむとす
（逆縁）

（ブーメラン効果）
少しずつ　宇宙に時間　降り積もり
空間座標　移動したりぬ
（星座論）

工業の　機械のイデア　数学に
魅了されたる　あの日々のこと

夢がない　涙もなければ　屁《へ》も出ない
笑いも何も　干物《ひもの》になりぬ
（ないない尽くし）

自衛権　自力によって　国守る？
「国土・国民・国力の保護」

足元の　希望の星は　耕され
踏み固められ　いつ変わるのか？

大型の　シダ類越して　恐竜の
時代になりても　ヒト現れず
（現代の常識）

シダ類も　恐竜さえも　一匹も
いない時代に　ヒト生まれしか？

水曜に　生まれた我は　創造の
翌日生まれ　君は火曜日
（日・月は後日補足）

物事の　もの知り顔と　もの好きの
脚本書きに　シェークスピアを

音の無き　深き宇宙の　中に居て
隠密行動　無きに等しも

創造主　何人居るか　疑問なり
唯一人《ただひとり》とは　誰も言わぬに

生む生まぬ　女は生みて　創造す
男は生まず　生まれ出るのみ
（創造主＝女性説）

世が世なら　明石原人　現れて
唐古遺跡の　西を見るらん

数学の　イデア流れる　エレガンス
物理・化学も　同様の手で

さらさらと　庭草揺れて　そよ風の
雨模様なる　夕暮れの里

ホームにも　祭りの余韻　消え残り
静まり返る　秋の夕暮れ

蟬の声　響き渡らむ　琵琶の里
鼻歌唄う　老いの悲しさ

秋深し　大パノラマの　和歌山の
ススキ野原に　夕映え赤く

それ自体　隠す要なき　事々ぞ
自然性別　自然性交

ひょっとして　愛の交歓　知らざるか
覗き見趣味や　異常体罰

極端な　競争社会　しまいには
幅をきかせる　自己愛原理

（善悪）の　他には（善善）（悪悪）の
三種に人は　分かれると見ゆ
（人間三種　xx yy xy）
（xy人間は普通人
xx人間は善人
yy人間は悪人）

人間を　比較するには　行列の
三種の格に　如《し》くものぞなき
（行列倫理学）

京大に　変な兄弟―仁義など
なきよう祈る　早朝テレビ

内戦時　個人独裁　出て来ても
不思議なきかな　天誅組も

哀れかな　反革命の　深刻な
セックス不足　不利抜き難き

図に乗りて　「自分失い」　気をつけろ
そこから先は　視界薄れる

社会主義　法則通り　いかぬ時
それでもそれに　しがみつく君

空論は　空気論なり　究極の
無論と言うべき　色論の果て

岩清水　流れる秋も　深まりて
槍ヶ岳にも　日の昇るらし

最近の　Hの時代　生きるには
生きた知識も　なければならぬ

あの頃の
東欧革命　これこそが
歴史社会を　共にする
一つの社会　全域の
将来の道　指し示す
世界革命　導きし
ワレサの名前　目の前に
ちらつくほどの　活気ある
一つの時代　書き上げし
人類初の　ともしびの
世紀の名前　今でこそ
忘れ去られし
栄光の名ぞ
（長歌）

名を聞けば　いや立ち勝る　懐しさ
「連帯」労組　ワレサ委員長
（反歌）

日本は「考える国」　もの思う人
フランスは　考える人　デカルトの人
（旋頭歌）

「日本軍　自衛部隊が　自衛隊」
そんな誤解が　生まれていぬか

軍事法　利敵行為と　敵からの
間接侵略　近くて遠し

夏の夜　生暖かき　気を受けて
すすき野原に　上弦の月

溝割れを　縦横無尽に　裂き広げ
強くこすれば　さらに促す

芸術士！　君に贈ろう　記念品
雅楽交えた　典雅な曲を

極東に　燃えよ体性-学術士
アベの巨姿の　筋肉の華《はな》

ようやくに　理想国家と　唱われし
バラモン国家　地球に立てり
（建国宣言）

日本女子　プロレス女子に　早変わり
夜は奇怪に　序々に深まり

紺宇宙　色の合成　何がする
偶然色の　元素合成

宦官の　ポンチ・ナシングの　空《くう》の跡
奴隷労働　内実示す

霊主なる　我が円教の　本尊の
下に八十神　八百万の神

食卓の　外に広がる　澄み切った
ガラス戸越しの　秋の青空

ドビュッシー　聞こえてきそう　朝空の
この澄明さ　比叡もおおう

ベルレーヌ　モーツァルトに　ショパンなど
芸術領野　等しとも見ゆ

いっぱしの　文芸作家と　悟る頃
創造行為の　手加減を知る

羽目外《はず》す　語句ころがしの　解釈論
法律学では　幅を利かせる

若夫婦　出雲大社で　喧嘩する
いつもは仲の　良い二人でも

底抜けの　原子爆弾　経費食い
誰に役立つ　物質なのか

ぐだぐだと　口ひん曲がる　論理山
理屈使いの　名人のよう

神試験　神対応の　トラの巻
頼り過ぎだね　創造主殿

甚だし　スポット俳句　作りしも
情緒・情念　伝え難きは

今日も又　スパナの論理　延々と
工場内を　連続回転

製品の　製造速度　世の中の
動作の速さ　せき立てにけり

古代史の　古き事々　立ち上がり
今にも合奏　始めるごとし

資本主義　独占資本　その次は
出番待たれる　公共資本

千の風　三千世界に　吹き越せば
一瞬にして　煩悩もなく

はるばると　ここまで来たり　深宇宙
端点近し　核物理学

善悪の　価値も分からず　一人立ち
右も左も　社会人たち

三連符　「運命」の音　遠去かる
何の運命　告げんとしたか

外界は　犬にも広し　大海《おおうみ》に
頼りになるか　防災工学

条文の　前文の意味　解釈の
大前提の　政治宣言

ゴミ捨てる　気持ちの良さも　快感の
源なるか　平氏の掃除

春の花　桜以外に　菜の花も
花によりけり　花より団子

龍安寺　無念無想の　白き庭
赤き太陽　沈み行くなり

満月や　竹取翁　天仰ぎ
感謝の念に　心打たるる

小刻みに　期待にふるえ　横開き
心もふるえ　半開きつつ

江戸の街　早や家康の　頭《ず》を越して
庶民の富は　うず高くなり

役者絵は　「やっ」とばかりに　手を開き
前を見据えて　驚きに耐ゆ

つむじ風　見返り美人　吹き寄せて
女のしなを　作らせしなり

クラス会　マルクス行者　騒がしく
搾取搾取と　ビラ乱れ飛ぶ

苔に舞う　紅葉乱れて　そこここに
散らばり居りて　半生終えり

博愛の　精神もなき　資本主義
我利我利主義の　旺盛さかな

ユダヤ人　隣人愛も　なきがごと
あまりに煩悩　強きがゆえに

何事も　「過ぎたる」ことは　「及ばざる」
ことにて候ふ　最終的に

春過ぎて　春が来たりぬ　間延びして
季節が来るは　間が抜けたよう

化石には　恐竜ドンの　夢の跡
いっぱい詰まり　無念さにじむ

関ヶ原　すすきの野にも　赤とんぼ
東西両軍　天下を賭けて

遠い声　かすかに我を　呼ぶような
手招きあれば　死線突破か

ある夏の　軍事激突　夢に見し
あの白昼夢　夢魔のせいかも

星々の　合間を縫って　宇宙船
宇宙事変が　起きぬを祈る

原罪に　望みもせぬに　引き入られ
その利己主義の　餌食にされり

この秋に　原始原点　通過せん
三本足の　立体空間

最初期の　原子関数　ほの見えて
宇宙の端が　じわりと近く

獅子王が　しっかと立ちて　咆哮す
百獣すべて　足並そろえ

男子女子　卒業終えて　社会人
責任者印　押せる社会人

「東大を　弾丸として　利用せよ」
交換条件　都合良きコマ

製材の　原木売りの　身のこなし
高尾の木こり　さすがに軽し

マルクスの　観念創《づく》り　好みにも
合うか合わぬか　研究労働

京の寿司　職人好みの　食品も
タネとひねりの　響き合いかな

芭蕉花　激しき中に　耐えかねて
葉っぱの一端　破られふるえ

敗戦に　関わらずして　天皇制
トップ体制　維持せられけり

政治上　国家の主権　代表者
天皇のみと　解すべきなり

共産党－書記長の地位　その国家
代表権限　包括せぬか？

共産党－書記長の外　大統領
首相と諸種の　言い方があり
（国家代表者の呼び方）

東欧の　ウクライナ国　結局は
局地戦から　全面戦へ

三権が　補佐をするべき　天皇の
統治助権の　実行の跡　果たしていかに
（仏足石歌）

わが京都　パープル・サンガ　まほろばの
泣くも笑うも　ふるさと一つ
（草の根民族主義）

天智帝　近江の里で　改新の
詔書《みことのりしょ》を　読み上げにけり

朝陽《あさひ》さし　波立ち騒ぐ　水の音
人なき浜辺　夕日落ち消ゆ

柿の日に　空気と共に　赤とんぼ
並んで飛べり　平《たいら》を維持し

女権法　民事か刑事　処罰法
税務処罰も　加重されるか

ナポレオン　威風堂々　凱旋門
今眼の前に　姿現す

セックスも　力仕事の一つなり
体力なしで　するのは負担

熱心に　セックスすれば　汗みずく
熱意を込めた　ビデオの女

耐え切れぬ　快感ゆえの　妻の声
歓喜の叫び　一層高く

命令に　応《こた》えて動く　性行為
全裸の姿　メスの霊力

風俗の　人買い資本　メス商品
回転速度　上げたそうなり

等伯の　静の世界に　並び立つ
狩野永徳　動きの世界

春の湖《うみ》　のたりのたりの　水の音
規則正しく　打ち寄せる波

夏更けて　屋外灯に　蛾が集い
長く伸びたる　夜半の月影

赤々と　水分多く　含みつつ
紅葉散り敷き　露置きにけり

ある歌人　短歌作歌の　王者振り
二度と見られぬ　ずば抜けた才《ざえ》

エルサレム　古都京都とは　何がある
地下通道か　狩野なるかや

子どもでも　遍き行為　散りばめて
性の目覚めは　遂に襲いぬ

天皇に　にらまれるとは　かくなるか
「ヤマトタケル」の　白鳥伝説

夏草の　生い茂りたる　茂みには
合戦場の　表示ありけり

蟬の声　四方に散りて　夏草の
我が耳打ちて　胃に消え去りつ

木漏れ日が　杉の木立ちを　洩れ出でて
下鴨神社　濡らしていたり

民族の　結晶を見る　我が思い
民族主義の　まつり文化に

我が余生　三、四か月の　いのちなり
ただ懸命に　生きて来たのみ

清らかな　女性の声が　どこからか
聞こえて消えて　闇が広がる

我が生きた　地球の姿　印象も
目にも耳にも　遠くなりつつ

秋晴れの　暮れゆくすすき　そよそよと
光を移し　揺れ居つるかも

平安の　闇夜の帳　深まりて
清涼殿も　色耽りたり

滝壺へ　小止《おや》みもなしに　水落とす
那智の滝にも　春は廻りぬ

家筋に　望みを託す　いのち綱
藤原北家　とわに栄えよ

気心の　符節の合いし　平安の
この静けさに　身をゆだぬべし

開墾を　終わり販路を　流れ行く
土地商品の　評価待つ身よ

すめろぎの　統治手段たる　除目式
人事異動も　ことなく進む

ゴロゴロと　雪玉転ぶ　夢の坂
流れ下らむ　天の香具山

三輪山を　神体山と　仰ぐ民
酒が旨しと　相好崩す

霊感が　時間を超えて　千里眼
千年先を　思い見るなり

春の風　桜の丘を　吹き行けば
二人の頬に　花乱れ散る

星の代も　計り難きは　世の中の
有為転変の　天地人なり

平安の　世は永久《とこしえ》に　続くもの
この悠久を　愛高らかに

小雨降る　天の霧島　尾根伝う
くじふる岳《たけ》に　輝く日色《ひいろ》

落柿舎を　出て望みたる　東山
三十六峰　晴れ渡りたり

幻か　虚なる時間か　過ぎ去りし
インカのボンゴ　打ちたたく音

霞立つ　春日《はるひ》の里に　咲く花や
衣の袖に　浸み染めにけり

清盛と　頼通とでは　触れ合わぬ
他人同士で　あるが哀しき

害意とは　客体無価値　必至なり
危害加える　底意のゆえに

涼やかな　雲の流れに　たゆたいて
もみずる楓　散りにけらしも

民主主義　君主制との　住み分けの
結節点は　シンボルの地位

久方の　月に生えたる　桂木の
文《ふみ》を読みたる　月読み翁

何にしろ　名前に『平等』　使う意義
近代以前は　異様に響く

怨霊に　取り付かれたる　客体の
苦しむ様《さま》も　見所《みどころ》ならむ

咲く花の　京の都に　あけぼのの
新世界より　昇り来たるも

是が非とも　生きて迎えむ　平和の日
地球和解の　来たらん日まで

キリストの　山上訓示　いつまでも
好印象が　心に残る

ボス・ゴリラ　ボンゴたたけば　森中が
笑い崩れて　山々揺らぐ

バトルでは　「ピンチ転じて　チャンスとす」
バトルの法則　神技を生む

獅子・虎の　血戦見たき　ローマ人
口を塞《ふさ》いで　中味教えず

憲法の　前文意思の　もの思い
若々しさの　春のあけぼの

横綱の　曙の腕　強き腕
脚やや弱し　流れ気味なり

不戦意思　総国民の　意思なりき
不戦条約　今も有効　批准のゆえに
（仏足石歌）

日本の　科学経営　本格化
させるヒントは　自己教育に

まさに今　生涯教育　重視せよ
自己教育の　切り札として

東大の　廃校令に　今は無き
悲哀の青さ　立ち登るかな

キタキツネ　朝は遅くに　起きるらし
何をせわしく　動き回れる？

釈尊の　「仏説阿弥陀ｰ教典」に
浄土教なる　秘密ありしか？

高台寺　霊山観世音－大菩薩
平和修行の　高僧のごと

刑法の　改正案も　将来は
考え得べし　道徳律に

買い手なる　読書人口　出版社
興味人口　創り出さねば
（近江商人伝説）

認知症　恐れるべきは　認知症
無事に過ぎれば　有り難きこと

宗教に　不思議な力　起こるのも
あれは念力《ねんりき》　間違いはなし

うず巻きが　上開きにて　動く時
膨張宇宙の　形になりつ

うず巻きが　渦を巻きつつ　進むなら
分析道具は　ベクトル微分

偏微分　ベクトル場での　偏微分
うず巻こそは　宇宙の姿
（ベクトルの回転）

日本の　民主主義には　大統領
国家元首に　副大統領

君主制　これにて最期　天皇制
将軍制も　ともども最期

「どこでどう　人生行路　食い違い
一生棒に　振る仕儀になる？」

民主主義　このまま進め　君主制
崩壊やむなし　過去の残骸

ほど遠く　声の帳《とばり》が　降りて行く
人の一生　これにて消える

革命の　弾丸人間　活用し
使い果たせば　直ちにポイか？

警察が　目星を付けた　その先に
ヒトラー集権　逆文字人間

いくら世が　科学万能　時代でも
中核文化　人文主義で

始まりの　原因・結果　終わり時の
原因・結果で　宇宙は満ちる
―一般相対性理論の手がかり

始まりの原因・結果

P $\left| \begin{matrix} x_0 & y_0 & z_0 & t_0 \\ x_1 & y_1 & z_1 & t_1 \end{matrix} \right|$ $\left. \begin{matrix} \text{原因} \\ \text{結果} \end{matrix} \right\}$ 始まりの事象

終わりの原因・結果

Q $\left| \begin{matrix} x_2 & y_2 & z_2 & t_2 \\ x_3 & y_3 & z_3 & t_3 \end{matrix} \right|$ $\left. \begin{matrix} \text{原因} \\ \text{結果} \end{matrix} \right\}$ 終わりの事象

合併すれば、一つの原因・結果系列（因果系列）を書き記すことができて、

$$P+Q=\begin{vmatrix} x_0 & y_0 & z_0 & t_0 \\ x_1 & y_1 & z_1 & t_1 \\ x_2 & y_2 & z_2 & t_2 \\ x_3 & y_3 & z_3 & t_3 \end{vmatrix}$$

十六個の微分方程式で表現できる。（$y_2=f(Z_2)+\int g(t_2)$のごとし。

宇宙は、無数の、こうした因果系列で満たされている。

むしろ、こうした因果系列の総体を宇宙というのであろう。

（あるいは、千本の風が吹いているのだと仮定すると、方向性としては、立体空間において、三千本の風がてんでんばらばらに吹いていると考えられる。すると、この天の川銀河には、三千本の風が気流として吹き流れているということになるのである。

仏教では、この宇宙のことを三千大千世界と言うことも合わせて付記しておこう）

竹笹に　吹くそよ風の　凪《な》ぐ時は
ただちに場所を　変えて立つべし
（胸騒ぎを静めるため）

月の緯度・経度もともに　相対性―
理論によりて　解明可能

本来は　相対論は　ミクロなり
それが宇宙に　通ずる不思議

現状の　情報遮断　むき出しに
ドストエフスキー　現代を突く
（『悪霊』）

平等院　庭の藤波　咲きにけり
五月五日の　子どもの節供

武田公　上杉公と　人材は
沢山埋もれ　家保《いえ》ちおり
（名族のこと）

厳粛を　極めた顔の　デス・マスク
ベートーベンの　苦難語れり

創造の　苦心の跡を　音楽の
研究成果　顔に刻して

数式の　型に自ら　整った
銀河物理の　真を求めて

改憲の　政治体制　第九条
不戦体制　維持されるべし

兵《つわもの》の　気持ちをつかむ　術士こそ
名将軍と　申すべきなり

みか星は　逆さに立てば　かみ星か
生をも死をも　超えた星ぞも

トト神の　倭迹迹日《やまととひ》の　百襲姫《ももそひめ》
崇神天皇　姑《みをば》と言へり

星座名　古代神話と　動物の
心理学との　関連有す

月・地球　おのおの自転　角速度
そっくり同じ　表面見せて

内宇宙　大宇宙との　結節点　あるいは同じ
黄金比成す　均衡点たり
（仏足石歌　宇宙の均衡律）

楽聖の　ベートーベンと　無冠たる
モーツァルトに　日本分かれり

思い出す　陸上基地の　自衛隊
自衛官たち　笑いさざめく

自衛隊　国連軍の　直轄の
部隊にどうか　打診をすれば？
（特にＰＫＯ部隊――根回し必要）

凡庸な　日常道具　一般に
帯に短し　タスキに長し

人たりぬ　人にあらずと　迷う道
完全分裂　人格乱す

印象の　西洋絵画　モネ「日の出」
ゴッホの夜空　輝いている

トルストイ　その実例に　寄せるなら
第一作で　ノーベル賞も

ノーベル賞　物理と化学　一人二賞
キュリー夫人の　性別を見よ

征矢《そや》羽羽矢《ははや》　天鹿児弓《あまのかごゆみ》　携えて
行動作法　皇子《こ》に教えけり

現代に　日本戦争　起こりなば
まさしく天地　血戦になる

国連の　ＰＫＯに　自衛隊
連隊規模で　ウクライナ国へ

今回の　ＰＫＯに　スイス軍
日本と共同－歩調取れぬか？

文学は　平和のために　尽くすもの
人ともどもに　平和の味を

予備的に　根回し広く　合意案
九《く》割《わり》以上の　同意を得たり

平和色　景色はすべて　平和色
祖国の姿　なだらかな山

合理主義　百％の　ＡＩを
作ればそこに　完全科学
（科学の空しさ）

鬼蟹の　気流の動き　原子雲
出雲の国の　入道雲か

格闘技　名前は付かず　垂仁紀
野見宿禰《のみのすくね》と　当麻蹶早《たぎまくえはや》

関ヶ原　徳川東軍　意外にも
強力なのは　何によるのか

豊臣は　徳川将軍　秀忠の
前にて城を　失いにけり

案外に　天神祭り　大坂の
夏の陣にも　微妙に響く？

徳川家　尾州・紀州に　一橋
人材豊富　威容を誇る

徳川家　豊臣・織田家　足利家
北条家とで　太臣王家《たいじん》とす
（皇太后・皇太子——太臣の由来）
（太臣——枢密院を構成する）
（衆議院・参議院＋枢密院）
（五大老・五奉行に先例あり）

五太臣　五家五人にて　話し合い
皇務の補佐を　成すべきものとす

皇室の　太子・太后　太臣に　委嘱をするも
摂政立てるも　自由に決めよ
（仏足石歌）

どこにても　反大統領　クーデター
各州ごとに　いつでも可能

東大の　安田財閥－講堂の
敷地の下に　何があるのか

神様の　吐く息だとふ　酸素ガス
植物は皆　酸素吐くなり

好き過ぎの　夫婦同士は　泣きながら
セックスすると　人は言うなり

雪男　ヒマラヤの地に　隠れ居て
すべて納まる　時を待つかも

夜の闇　からみからまれ　もつれ合う
なぜ美しい　女の裸体

くたびれた　本当に人生　くたびれた
御役御免で　死にたい限り

相撲派と　野球派とだけ　別れたり
今ではサッカー　ボクシングまで

錦鯉　目に鮮やかな　赤と白
ところどころに　黒をも含み

思い出は　オリンピックの　沈黙の
ハダシの王者　アベベと言えり

荘厳な　皇帝のよう　静けさに
包まれていた　アベベの走り

戯曲では　シェークスピアの　巧みさが
舌を巻くほど　素晴らしきかな

きびきびと　した文体の　短歌とは
どのような歌　指して言うのか

新幹線　岐阜羽島より　北東と
北西に二本　裏日本線　引いてつなげば
（仏足石歌）

正義には　二通りあり　法的に
平均的と　配分的と
（アリストテレス）

早朝の　あかつき近く　雪が降る
あなたの故郷　寒くはないか

行く川の　流れは絶えず　黙々と
木《こ》の葉を浮かべ　落ち下り行く

大伴の　旅人を思う　酒の歌
大人の酒は　甘辛きかな

作法室　その部屋名に　はっとせり
小学生に　成り立ての頃

アメリカに　解散制は　ないらしく
民主主義とて　深度は浅し

アメリカの　自由は旨《うま》し　公正な
開拓者性　日本の手本

京大の　女子学生は　種々あるも
能ある鷹《たか》に　類する多し

アラジンの　魔法のランプ　時打たず
浜辺の煙　消えにけるかも

労働は　原罪の鞭《むち》　たらずして
日本神話は　労働神話

憲法も　民主社会主義－政策を
随所に入れた　最高法規に

この世界　地球全土の　占有権
洋一・裕子の　二人に属す
（占有権者二人）

終戦後　マイナスからの　出発を
余儀なくされる　異国の童男《おぐな》
（経済の大規模破壊）

位取り　記数法とて　新規格
J進法も　普及したりぬ

破防法　適用可否を　論ずべし
既に限度を　越えて久しき

ゾンビ数　Ｊの恐さを　知らぬのか
Ｊ進法の　恐ろしさを知れ

ＡＩ（人工知能）の　数字が一気に　変わるだろう
これで情報‐作戦終了

自衛力　反射防衛　核兵器
国の守りに　役立つように

日米の　間に起こる　同士打ち
めったに起きぬ　ことがあるかも

日本人　同士の会話に　二千万
この金額が　踊り回れり

昔出た　「大和なでしこ」　防衛で
男は動かぬ　足軽理論
（大名論）

離職後の　生活費用が　二千万（円）
これだけ残す　技《わざ》はあるのか？

死ぬまでの　生活費用　稼ぐまで
男は生きて　働かなければ

子や孫の　生活費まで　面倒を
見切れるほどは　金が回らぬ

アメリカとは?

アメリカは
「保安官」こそ　理想像
銃社会の根　ここにあり
世界警察軍とは　言い得て妙なり
アメリカ人の　理想像
自由社会の　理想像
父性愛もて　作らむと
自由のためなら　身も献《ささ》げ
自由の番人　買って出る
自由の保護を　引き受ける
自由の保護の　責任を
神より強く　感じつつ

公共のため　身を捨てる
「公共の福祉」と　心得て
自由の守護神　覚悟して
自由のみかは　公衆道徳も
守り抜くのか
世界巨人よ
（長歌）

アメリカに　キリスト教的　社会主義
創造可能か　世界巨人よ
（反歌）

月紅葉《つきもみじ》

日が沈み
日が暮れて行く　この夕べ
霜月紅葉　照り映えて
夜は深々と　更けて行く
車輪は狭軌　曲がり角
すり抜けるがに　通り抜け
夜の紅葉を　上に見て
上弦の月　仰ぐなり
夜空を走る　雲ありて
アラブの国も　照らすごと
この日本をも　照らすごと
高き所を　行くごとく

小走り気味に　過ぎて行く
山の電車の
ある夜のこと
（長歌）

竹の里　春はあけぼの　夏は夜
秋は夕暮れ　冬はつとめて

千年の　京のふるさと　右左
春の桜に　雪の山里

白雪の　バレエ組曲　作り終え
今一時《ひととき》の　夕月を見る

食品の　芸術多し　秋の京
食芸文化の　底の深さよ

「おいでやす」　京の舞妓《まいこ》の　たたずまい
特に目に付く　衣装の文化

俗世の　煩わしさを　押しのけて
空気の位置を　占める困難

思い出すこと

気が付きし
時には自分　ただ一人
台座の上に　座りたり
金星人の　一人なり
金星からの　宇宙船
高千穂峰に　降り立ちて
回りを見れば　広々と
草原広く　広がりて
夕日（＝夕の太陽）落ち行く　頃なりき
（長歌）

大学の　入学試験　受けながら
イメージ揺れる　人もあるまじ

洞窟が　神話ににじみ-出す記事は
縄文時代の　名残りなるらし

澄み切った　音の調子で　鳴り響く
証成寺から　タヌキ囃子が

「人生は　回り舞台よ　昔から
良くもなければ　悪くもないさ」

白ギツネ　見た同じ目で　外見れば
白い湖面に　霧が立つ見つ

宗教の　死海文書は　沈まずに
浮かんでいたか　重力軽く

人間は　ひょっとするなら　あまりにも
ルーツにこだわる　人種ならんか？

エロ・ビデオ　自然教育－教材に
使われ出して　何年経《た》つか
（ルソー『エミール』）

労働は　原罪罰に　あらずして
自由律する　手段なりけり

カント的「～すべし」を指定する
実践理性が　行動の元《もと》
（以上三首より「夜・昼・仕事」を構成する）

刑事と言ふ　民事と言ふも　訴訟事《ごと》
司法は個々の　事件を出でず

司法上　刑事手続き　待たずして
刑事予防法　攻勢に出よ
（軍事法を見よ！）

「推定は　論議に過ぎず」　打ち破る
政事暴力　今こそチャンス
（力VS力）

自衛隊　治安出動　する前の
刑事予防法　軍事刑法
（軍法会議）

経営は　「恐怖感情　かき立てた」
結審直後　処罰に移る
（軍事手続）（南無阿無）

人生の　失敗者への　憐れみが
福祉政策　根本にあり
（民主社会主義の精神）

南より　望めばそこに　比良山系
聖書に描く　シナイのごとく

自由主義　慎しむべきは　利己偏愛
拡大防衛　最も近し

自動的—
拒否反応が　重要か
拒絶のポーズ　意思の有無
ＹＥＳかＮＯか　決め難き
微妙なケースに
立ち至りたり
（長歌）

コブラ呼ぶ　笛の音深く　くぐもりて
アラブ地方の　日の入りの刻《とき》

著者プロフィール

湯浅 洋一（ゆあさ よういち）

1948年２月４日鳥取市で生まれ、１歳の時より京都市で育つ。

京都府立桂高等学校を経て京都大学法学部卒。

卒業後、父の下で税理士を開業し、60歳で廃業するまで税法実務に専念。

のち、大津市に転居し、執筆活動に入る。

著書に、『普段着の哲学』(2019年)、『仕事着の哲学』『京神楽』(2020年)、『円葉集』『心葉集』(2021年)、『京神楽 完全版』『銀葉集』『和漢新詠集』『藤原道長』『天葉集』『文葉集』『普段着の哲学 完全版』(2022年)、『仕事着の哲学 完全版』『趣味着の哲学』『稔葉和歌集』『玄葉和歌集』(2023年、以上すべて文芸社) がある。

2023年逝去。

冠葉和歌集

2023年12月15日　初版第１刷発行

著　者　湯浅 洋一
発行者　瓜谷 綱延
発行所　株式会社文芸社
〒160-0022　東京都新宿区新宿１－10－１
電話　03-5369-3060（代表）
03-5369-2299（販売）

印刷所　図書印刷株式会社

ISBN978-4-286-24257-6